겨울 나그네

겨울 나그네

초판 1쇄 인쇄   2020년 7월 24일
초판 1쇄 발행   2020년 7월 31일

—

지은이   정봉렬
펴낸이   이방원

—

펴낸곳   세창미디어
출판신고   2013년 1월 4일 제312-2013-000002호
주소   03735 서울시 서대문구 경기대로 88 냉천빌딩 4층
전화   02-723-8660
팩스   02-720-4579
이메일   edit@sechangpub.co.kr   홈페이지   http://www.sechangpub.co.kr

—

ISBN   978-89-5586-623-0   03810

이 도서의 국립중앙도서관 출판시도서목록(CIP)은 서지정보유통지원시스템 홈페이지(http://seoji.nl.go.kr)와
국가자료공동목록시스템(http://www.nl.go.kr/kolisnet)에서 이용하실 수 있습니다.(CIP제어번호: CIP2020029423)

정 봉 렬 시 집

겨울 나그네

저 봄날의 하얀 아침꽃
기다리지 못하고
검은 새벽길 나서는
그대는 정녕 누구인가

세창미디어
MEDIA

시와 함께 어깨동무하고 걸어온 지 50년이 지났다.
시가 무엇인지, 시를 어떻게 써야 하는지 아직도 잘 알지 못하지만, 그만 주저앉고 싶은 충동과 시에 대한 두려움을 무릅쓰고, 다섯 번째 시집을 엮는다.

그동안 기만과 비겁과 위선의 언어를 원수로 삼아, 거짓과 진실, 사랑과 증오의 시어를 가리고자 했던 내 시의 전장戰場에는, 마침내 피와 살이 다 빠져나가고 허물어진, 깡마른 시상의 형해形骸만 남아 미증유未曾有의 시대가 몰고 온 광풍狂風에 나뒹굴고 있다.

첫 시집『잔류자의 노래』에서 보이지 않는 적과의 싸움에 임하는 각오를 스스로에게 다짐한 바 있다. 포세이돈의 삼지창 대신 죽장을 들고 전선을 찾는 나그네의 심정도 그때와 다르지 않으리라.

"목적에 의하여 정당화되는 수단의 폭력과, 수단에 의하여 함몰되는 목적의 허상을 동시에 거부하면서, 비록 이 시대의 가장 외로운 삶들 가운데의 하나로 남을지라도…."

2020년 3월

차 례

제1부

푸른 언덕의 나라

푸른 언덕의 나라

푸른 언덕의 나라로
붉은 난민이 밀려온다

위만衛滿이라는 망명객이
그 옛날 푸른 언덕의 나라로
난민들을 이끌고 쳐들어와서
누런 벌거숭이 언덕으로 변했다가
다시 푸른빛을 찾아 그릇을 빚었다

할아버지의 할아버지
그 할아버지의 할아버지 시절에도
푸른 언덕 너머 숲으로
시시때때로 숨어 들어와 살면서
호적과 땅을 사서 토착민이 되었다

예전에는 빈손으로 몰려왔지만
이제는 함성과 구호를 외치며
하늘과 땅과 바다로 쏟아져 들어온다
기침을 쿨럭이고 무기를 흔들면서
푸른 언덕의 나라로 깃발을 들고 넘어온다

귀화식물 歸化植物

언제부터 이 땅에는
자생적 공산주의자와
토착오랑캐들이 많이 살게 되었나

어느 왕조 무슨 정권 때
국경을 넘어 잠입했나
입국심사도 없이 망명했나

원수덩어리 개망초꽃
뽑아도 뽑아도 없어지지 않는
저 질긴 이데올로기의 풀꽃은…

온 산하에 지천으로 피어나는
형형색색의 또 다른 야생화들은
원산지를 속이고 누가 밀수했나

삼국유사三國遺事의 바람이 소리 없이 불어온다
곰을 웅녀熊女로 다시 태어나게 한
신령한 마늘과 쑥은 또 어떻게 귀화했나

도 적 론 盜賊論

(나라에 붉은 도적 떼가 나타나서
야탈과 도둑질을 멈추지 않으니
도척盜跖보다 더 사악한 도적이다)

도적도 여러 갈래와 이름이 있다
나라와 국민을 배반하는 역적逆賊이 있고
망국으로 이끌고 가는 국적國賊도 있다

예전의 나라 밖 외적外賊으로
호로胡虜라고 부르는 되놈이 있고
왜구倭寇라고 부르는 왜놈이 있다

일지매나 로빈 후드 같은 의적義賊이 있고
간적奸賊, 흉적凶賊, 화적火賊도 있다
산적山賊도 있고 해적海賊도 있다

대도大盜든 좀도둑이든 도적의 무리 중에서
가장 사악하고 악랄한 도적은 비적匪賊이다
떼 지어 돌아다니며 살인과 약탈을 일삼는다

조국도 모르고 돌아갈 고향도 없이
여기저기 출몰하여 총칼을 휘두르는
공산주의 비적을 공비共匪라고 부른다

해 적 海賊

그들에게는 조국祖國이 없다!

출세해서 돌아갈 고향도 없고
죽어서 뼈가 묻힐
어머니의 대지도 알지 못한다

해골이 그려진 깃발과 붉은 부적을 팔아
혼 없는 물신物神의 신전을 짓고
선장을 미라로 만들어 절을 하게 한다

퇴각할 때는 성벽을 허물고 집을 부순다
대못을 박고 시계를 고장 낸다
묘지를 파헤쳐서 물을 붓고 도망친다

그들은 바다로 돌아가지 않는다!

해적의 노래를 어지럽게 부르며
마르크스가 명명命名한
선언宣言 속의 유령으로 떠돈다

야만 野蠻

책 속의 역사발전이론이나 시대구분은
이제 수정하는 것이 좋겠다

역사가 거짓 신화를 만들고
문명이 야만을 낳는 시대…
원칙의 토양 위에
반칙과 변칙의 꽃이 피어난다

야만은 파괴하면서
허상을 좇아 나아가고
문명은 상식과 법치에 묶여
제자리걸음도 못한 채 뒷걸음친다

질서 뒤에 따라온 무질서가
약육강식의 깃발을 흔들며 선동한다
권력은 폭력의 아버지!
문명은 야만의 어머니!

지금 여기에서 펼쳐지는 야만의 역사―
새로이 기술되어야 마땅하겠다

척 방 隻方

단지 한 방향밖에 모른다

동서남북 상하좌우 길도 많은데
오직 한 길뿐이라고 고집하며 호령한다
그 방향 끝엔 절벽이 기다리고 있다고
갔다가 돌아온 다른 무리들이 전해 주어도
자주성과 일관성을 내세우며
오伍와 열列을 사열하고 몰아간다

가다 보면 오고가는 방향에 따라
좌우가 뒤섞이기도 하고 바뀌기도 한다
마침내 여러 갈래로 갈라지고
또 이어지는 깜깜한 갈림길을 만난다
일방통행의 사슬이 끊어지고
무리들은 천지사방으로 흩어진다

포 박 捕縛

포승줄에 묶인 모습은
사극에서만 나오는
장면인 줄 알았다
이십일 세기 대한민국
티브이 뉴스시간에 보았다

아직 유죄가 확정되지 않았는데도
꽁꽁 묶여서 꼼짝달싹 못 하고
끌려가는 사람들을…
헌법에 있는 무죄추정의 원칙은
이미 원칙이 아니다

인신구속이 남용되는 나라는
문명국가가 아니다
포박된 사람은 이미 짐승이다
인간의 존엄성은 포박되어 봐야 안다
포승줄에 묶인 채 끌려다녀 봐야 안다

푸른 하늘을 우러러볼 수도
누런 땅을 밟을 수도 없는 가운데…

적 당 賊黨

-패거리에 대하여

여기저기 패거리를 모아
편을 짓는 것을 당취黨聚라고 한다

같은 편을 당여黨與라 부르고
정권을 잡으면 여당與黨이 된다

제 편끼리 어울려 해 먹고 설치고 다니면
유유상종類類相從이라고 손가락질한다

또한 도적盜賊의 무리들은
도적 떼 패거리, 즉 적당賊黨으로 통한다

사 이 비 似而非

사전에서 사이비를 찾아본다

사이비 신사紳士와 사이비 애국자
사이비 지식인이란 용례는 있어도
사이비 국민이나 사이비 경제는 없다

사이비 과학이란 말은 들어 왔지만
사이비 미신은 알지 못한다
미신이 과학을 이기는 세상도 경험한다

겉으로는 옳은 듯 비슷해 보이지만
안으로는 전혀 아닌 사이비 권력만으로는
어떤 풀과 나무에도 꽃을 피울 수 없다

대학과 언론이 천하에 널려 있고
우국지사와 논객이 넘쳐 나지만
나라는 비스듬히 기울어져만 간다

* 사이비(似而非)는 사시이비(似是而非)의 준말

17

양심 良心

신들에게나 짐승에게는 없고
오로지 사람에게만 있다는
양심의 거소居所는 어디일까

가슴속일까 머릿속일까 주먹 속일까
뱃속 어딘가에 숨어 있을까
목구멍이나 혀끝에 붙어 있을까

양심의 무게는 얼마나 될까
저버리면 깃털보다 가볍고
가책을 느끼면 천근만근 무거운 몸

양심의 소리는 얼마나 클까
권력과 이익과 총칼 앞에 잦아들지만
막다른 길목에서 일어서는 함성!

헌법이 보장하는 양심의 자유에는
양심불량의 자유도 포함된다며 내린
군대 안 가도 된다는 판결문에 풀이 돋고…

양심에 털이 난 무리들을
인간으로 봐야 할지 짐승으로 부를지는
그늘 속에 가려진 양심의 자유에 맡긴다

곡직 曲直

사전에서 불문곡직不問曲直은 남겨 놓고
적재적소適材適所라는 말은 지워야겠다

시비是非도 가리지 않고 잡아넣고
물어보지도 않고 곧은지 굽었는지
살펴보지도 않고 자리에 앉힌다

옳고 그름도 따지기 귀찮아하지만
굽음과 곧음은 겉만 보고 쉽게 속는다
눈에 보이는 것이 다가 아님을 잘 모른다

아무리 휘어진 나무라도 잘 다듬어서
떡시루의 받침대로 쓸 수 있고
올곧게 자란 소나무는 큰 집의 기둥이 된다

학자는 곡학曲學으로 세상을 속이고
언론은 곡필曲筆로 권력에 아부하지만
대나무는 속을 비워 천고千古의 소리를 전한다

본색 本色

나뭇잎이 바람에 등을 돌린다
앞뒤와 안과 밖이 서로 껴안아
어느 색이 본색인지 모른다
꽃잎도 이름을 감춘 채 피고 진다

영웅인지 도적놈인지
죽기 전에는 알 수 없듯이
꽃들도 나뭇잎도 질 때가 되면
겨우 본색을 드러낸다

나무야 아무나 속이지 않지만
꽃과 이파리는 자신도 모르게 속인다
색깔도 거짓말도 진화한다
누가 찾아오면 몸짓으로 정체를 감춘다

비에 젖어 동정심에 호소하고
햇빛 속에 찬란한 신록으로 차오른다
원근과 방향에 따라 색다른 옷을 입고
기분과 계산에 맞춰 다른 곡조로 노래한다

마음이 깨끗하여
부끄러움을 아는 태도를 얌치,
얌치없는 자를 얌체라 한다고
우리말 사전에 나와 있다

깨끗하지는 못하더라도
부끄러움은 알아야지
어린아이도 창피하다고 여겨지면
손으로 낯을 가릴 줄 안다

아무리 허기져도
아무 밥상에나 숟가락을 들고 나대는
철부지 손주는 없다
거지에게도 체면은 있다

같은 진영이면 아무나 거들고 나선다
맛이 시어 빠져도 단맛이라고 우긴다
먹을 데가 있다면 어디든 날아든다
염치를 모르는 파리들의 날갯짓이여!

입으로는 못 하는 것이 없다
모르는 게 없고 못 먹는 것이 없다
약인지 독인지 가리지 않고
잘못 내지르고는 남 탓으로 둘러댄다

잘 모르는 것을 아는 척하지 말라던
피타고라스는 정의를 찾아 굶어서 죽고
너 자신을 알라고 가르친 소크라테스는
진리를 위해 독배를 마셨다!

실 어 失語

말이 나오지 않는다
한 말을 잃어버린다

어처구니가 없어서도 아니고
기가 막혀서도 아니다
악몽을 꾸고 있는 것일까
최면에 걸린 것일까

몸부림치며 외치는 함성에도 되돌아오는
메아리 없는 동어반복의 기계음!
내 탓이 아니야 옛사람 탓이야
무슨 말이 그리 많아!

겁을 먹은 것도 아니고
혀가 뽑힌 것도 아닌데
말문이 닫히고 말을 잃는다
웅성거리며 노랫말도 잊는다

도깨비가 인燐불을 흩뿌리고
회오리를 일으키며 외다리 춤을 춘다
포도청인 목구멍 속으로
해야 할 말을 삼킨다

사 어 死語

죽은 말의 시체가
물고기가 되어 둥둥 떠다닌다
형용할 수 없는 냄새를 풍기며
햇빛에 반사되는 비늘을 곤두세우고
껍질은 뱀 허물같이 반짝거린다

뼈는 가시가 되어 목에 걸린다
선거공약의 바다에 나타나서
속없는 뱃가죽을 드러내고
이리저리 눈망울을 부라리다가
유권자의 손가락을 찌르고 달아난다

부답 不答

권력을 가진 자들이
오히려 묵비권 행사를 잘한다
거짓말을 계속하다가
다른 증거가 드러나면
침묵도 합법이라며 입을 다문다

신神들도 대답하지 아니한다
간절한 목소리로 물어보아도
아무리 몸부림치며 간구해도
사실인지 거짓인지
정의가 있기는 있는지 대답이 없다

아무도 바른 소리를 듣지 못한다
비겁하기도 하고 뻔뻔하기도 한
신들과 권력자들의 긴 침묵 끝에
감응과 보상이 따르리라는 헛된 믿음으로
응답 없는 질의는 오늘도 계속된다

의심하지 말라!
종말終末이 올 때까지!

혼동 混同

사실과 진실은 다르다
진실은 진실 사실은 사실이다

맞고 틀리고 옳고 그르고가
혼동되는 시대를 살아가지만
사실은 하나일 뿐
아닌 것은 아닌 것이다

실체적 진실은 법조문에 있어도
주관적 사실이란 사전에도 없다
진실은 사람에 따라 달리 보이지만
사실은 오직 하나 객관적 실체이다

사실은 파묻거나 조작하거나
뜯어고치거나 없애기도 하지만
진실은 누군가의 가슴속에 남아 있다
보이지는 않지만 사라지지 않는다

사실이 실종되면
진실은 살아나지 못하고
진실이 거짓과 야합하는 날
사실은 영원히 은폐되고 만다

거짓말 1

거짓말인지 참말인지
여론조사로 결정하자고 한다

이쪽저쪽 다 거짓이 섞여 있다는
중도中道의 비겁한 진실은 없다

거짓말은 거짓말
참말은 그냥 참말일 뿐!

어느 편이 사실인지 거짓인지
지나가는 외국인에게 물어보자고 한다

누가 진짜 거짓말쟁이인지
차라리 제비뽑기를 하자고 한다

그러면 행사는 어느 신神이 주관하나
뽑는 순서는 또 어떻게 정하나, 참말로…

거짓말 2

추상적인 언어에는
거짓말이 숨 쉬고 있다

정치인의 거창한 공약과
사기꾼의 달콤한 속삭임에도
깔끔하게 정서한 계약서의 이면에도
사랑하는 사람에게 바치는 헌사와
국가와 민족을 위한 맹세와 다짐에도
거짓말은 숨어 있다

진정성을 보유한 짜디짠 눈물샘에도
거짓눈물이 솟아나서 감동을 주지만
구체적인 언어에는 감명받지 못하고
그냥 스치고 살아간다

사실은 거짓과 공존하고
거짓말은 진실과 함께 자라난다

어느 삼각형의 정리 定理

사랑에 빠지면
사랑하는 사람을 똑바로 보지 못한다
스스로 물어보고 또 물어본다
무엇이든 주고 싶다

돈에 환장하면
눈에 보이는 것이 없다
부끄러움도 모르고
자신의 이름도 까먹는다

권력을 잡고 지키기 위해서는
무슨 짓이라도 한다
역사가 증명한다
공산주의자들이 특히 더 그러하다

권력이란 무엇인가
돈이란 무엇인가
끝없이 묻고 또 물어보지 않으면
나라가 망하고 나의 존재도 사라진다

뇌옥 牢獄

뇌옥은 짐승을 가두는 우리다
감옥은 사람을 가두는 우리다
닭을 가두어 기르는 우리는 양계장
돼지를 가두어 기르는 우리는 양돈장이다

개들이 자는 집은 개집
가축들이 사는 집은 축사畜舍라고 한다
개나 돼지 취급당하고 살아가면
사람 사는 집은 개집도 되고 뇌옥도 된다

종말론 終末論

신들의 주사위가 던져졌다!

승부를 가리자는데
법전法典의 규칙이 바뀌고
심판이 없다

잘잘못을 따지려는데
기준과 증거가 사라지고
증인도 죽었다

신들이 나타나기 전까지
모든 것을 걸지 않으면
종말의 시한폭탄이 터지고

추억이 지워진 회로回路 속에서
전설의 조각들을 끼워 맞춰 가며
새롭고도 뻔한 경기가 다시 열릴까…

개 펄   앞 에   서 서

물이 빠지고
개펄 앞에 서면
텅 빈 하늘가에
어른거리는 바다구름

이 넓은 땅덩어리
누가 차지하라고
싸우지도 않고
수평선은 물러갔다가

또 다른 종족의 파도가
게걸스럽게 소리 지르며
지평선을 먹어 오면
하얀 갈기 날리며 다시 오겠지

움켜진 한 줌 진흙덩이도
저녁노을 속으로 사라지겠지

광화문에서

-2019년 10월

인산인해人山人海의 파도 속에서
잊었던 친구를 만난다

낯이 익어 서로 인사를 나누는
처음 보는 반가운 얼굴들이

뜻을 모아 부르는 뜨거운 노래
한마음으로 함께 외치는 함성…

저물 줄 모르는 광화문에서
이름 모르는 친구와 어깨동무하고 간다

태 평 로 太平路

-2019년 10월

이름에 걸맞게 사람들은
태평성대를 간구하며
발걸음도 당당하게 걸었다

북악北岳과 목멱木覓을 잇는
공활한 가을 하늘이 내려와서
가슴마다 나라 사랑 고운 물을 들였다

끝 모르게 밀려오는 파도 속에서
손바닥 마주치며 새로운 날 기약하고
목이 터져라 태평가太平歌를 불렀다

숭례문에서 광화문까지…
경복궁 끼고 돌아 자하문까지…

책임 責任

누가 책임을 지겠다는 말은
책임지지 않겠다는 말이다

책임을 묻겠다는 권력자의 큰소리도
무책임하기는 다 마찬가지다

누가 무엇을 어떻게 지고
또 묻겠다는 것인가

아무도 지지 않는 정치적 책임…
아무도 물을 수 없는 역사적 책임…

아무런 책임도 없는 후손들에게
결과책임의 유산을 상속한다

책임 있는 자들의 명부와 귀책사유가
진실을 감추고 바람과 함께 사라진다

매 화 梅花

-2020년 2월

매화가 피자
마지못해 첫눈이 내린다

호로胡虜의 땅을 건너온
역병 소식에 손가락을 오므린다

마스크로 얼굴을 가리고
누구에겐가 욕을 한다

핏빛 어린 함성을 뒤로하고
하얀 꽃잎이 눈발에 휘날린다

진실 眞實

사랑이 미움으로 변하기도 하고
절망이 분노를 키우기도 한다

의심은 귀신을 키우기도 하고
확신은 거짓을 낳기도 한다

광풍狂風이 사방에서 휘몰아쳐도
가슴속 마지막 남은 희망의 불씨!

제2부

희망

希望

희망 希望

희망은
기다림 속에서 자라난다

처음에는
침묵과 손잡고 누워 있다가
나중에는
마중하려고 일어난다

기다리다 지치면
바람과 함께 사라진다
메마른 숲을 지나
푸른 하늘로 날아간다

주역 명이괘明夷卦에 이르기를

땅속에 불을 가두고
어둠이 빛을 삼킨다

헌법을 동토凍土에 파묻고
잔해는 한강漢江에 버린다

배운 자는 얼굴을 숨기고
가진 자는 더 움켜쥔다

길고 검은 밤이 깊어 갈수록
봄은 멀어지고 새벽이 달아난다

이름

너는 누구니
이름이 뭐니
너의 나라 이름은 또 뭐니

불볕더위로부터 도망쳐서
푸른 언덕 너머 숲속을 찾아가자
얼굴 없는 바람이 묻는다

모릅니다
생각이 나지 않아요
이름을 불러 본 지 하도 오래돼서

그러면 저 꽃의 이름은 아니
저 나무와 지저귀는 새와
비에 젖은 저 깃발의 이름은 아니…

돌아가라
이름을 찾아서 다시 오라
내 이름은 물어보지도 말고!

혼자 부르는 노래

한 소절의 가요가
위안을 줄 때가 있다
눈물을 불러올 때도 있다

혼자 부르는 노래에도
왔다 갔다 하는 음정 속으로
잊어버린 박자가 꿈틀거린다

울음을 삼키기도 하고
추억을 찢어 보기도 하면서
상하좌우로 휘젓다가 주저앉아

스스로 노래가 되고
한 줄의 시가 되기도 하면서
외롭지 않은 춤을 그림자와 춘다

봄바람 1

가슴 한쪽에만 바람이 분다
눈을 감으면 외롭지 않아
더 이상 봄바람을 기다리지 않는다

봄이 절반만 와도
꽃샘추위가 꽃망울을 터뜨리며
봄을 기다리지 않겠다고 속삭인다

강남 갔던 제비가 다시 돌아와서
조각난 추억들을 찾아 헤매다가
가까이 온 여름 속으로 날아간다

아직도 오지 않은 절반의 봄바람은
끝내 불어오지 않는다

봄바람 2

부드럽게 어루만지는
손길이 뜨겁다

꽃봉오리 일으켜 세운 입술이
휘휘 휘파람을 분다

입김을 불어 넣어
꽁꽁 언 몸을 녹이고

연분홍 아지랑이로 피어나서
푸른 하늘로 날아오른다

편지

　-기다리는 것들에게

바람 불고
미세먼지 천지를 가린
희미한 봄날이오

남녘에는
여러 꽃들이 다투어 피어
나를 기다린다 하오

기다리는 것들이
어찌 꽃뿐이리오
어찌 그리운 사람만이리오

얼굴에 부서지는 바람
수평선으로 사라지는 바다
그리고 꿈속에서 부르던 노래…

바람이 불지 않아도

바람은 불어도
꽃은 다투어 핀다

바람은 불어도
모든 꽃이
다 열매 맺는 것은 아니다

바람이 불지 않아도
몰래 꽃을 피우고
어둠 속에서도 열매가 맺힌다

바람이 불지 않아도
타오르는 불꽃
자유의 숨길로 꺼지지 않는 희망

봄

응시하라!
당신의 가슴속에
응축된 분노를

노래하라!
동면에서 깨어난
당신의 목소리로

환희의 춤 추는 아지랑이 사이로
널리 높게 울려 퍼지는
자유의 합창!

일어나라!
푸른 하늘 감춰 온
어둠을 부수고

보 리 밭

고향 땅 그 보리밭은
보릿고개를 넘어간 뒤로
돌아오지 않았다

언 밭을 발로 꾹꾹 눌러 밟을수록
성난 눈을 부릅뜨고
머리를 쳐들고 일어나는 보리밭

아지랑이 피어나고
종달새 날아오르는 사월이 오면
회오리바람에도 꺾이지 않는 청보리밭

푸른 바다를 건너와서
누런 벌판을 눕히고 달려오는
바람을 붙잡아 허기를 채우던 오월

그 옛날의 보리밭은
꽁보리밥과 함께 사라져 갔다

개 떡

어린 시절 개떡이 가장 맛있었다
자식들 생일이 오면
어머니가 손수 만들어 주신
신비한 그 맛!

진달래는 참꽃이라고 하고
철쭉은 개꽃이라고 불렀는데
제일 멋지고 맛있는 개떡을
왜 참떡이라고 하지 않는지 궁금했다

어른이 되고 나서는
온갖 떡을 구경하고 먹어 보기도 했지만
그 많은 고상한 떡 이름 가운데
개떡같이 절묘한 이름은 만나지 못했다

떡들이 풍년을 이루는 명절이 아니라도
개떡이 자취를 감추고 사라지자
사람들은 개떡 같은 세상이라고 욕한다
개떡이 되도록 얻어터지며 살아간다고 한다

유월 六月

유월에는 밤꽃도 피고
강물도 바다도
반짝이다가
긴 장마 속으로 사라지지

유월에는 바람도 자고
이름도 얼굴도
가물거리다가
물안개 속에서 솟아오르지

꽃잎은 어디로 쓸려 가고
봄과 함께 떠나간 사람
돌아오지 못하리란 소식마저 삼킨
짙푸르고 허기진 유월에는

아무도 기다리지 않는
동구 밖 언덕에 올라
그리운 뻐꾸기 소리 찾아
발걸음을 헤매기도 하지

그 해 여 름

그해 여름
그 푸른 대숲 속에는

보라색 맥문동麥門冬 꽃이
그렇게 많이 피어났다지

그해 여름에는 황토밭으로
뻐꾸기도 날아와서 울고

배롱나무 가지마다 붉은 꽃 타래가
눈물방울처럼 매달려 있었다지

태어나자 보름 만에 전쟁이 났다는
그해 여름 한낮의 하얀 폭양曝陽!

어머니 품에 안겨 떠난 그늘 없는 피난길을
칠십 나이에 다시 만나는 낯설은 이 길을

아무것도 간직하지 않고 걸어간다
꽃도 산새도 기다리지 않는 그 길을

바람도 강물도 바다도 볼 수 없었다는
그해 여름, 그 찬란한 적막寂寞 속으로⋯

폭 우 暴雨

오랜 마른장마 끝에
폭우가 쏟아진다

다함없는 목마름에
갈라진 목줄기를 타고

끓어오르는 쉰 목소리가
잊었던 노래를 불러 온다

텅 빈 어깨를 들먹이면서
발걸음마다 흠뻑 젖는 박자…

시작도 끝머리도 찾지 못한 채
낯선 음정을 찾아 헤맨다

섬

한자리에 움직이지 않고
그대로 주저앉은 그림자

나도 너와 마주보고 앉아
기다림만 키우며 살아간다

하늘이 파도에 젖어 밀려오고
바다가 구름에 이끌려 흘러간다

햇살이 부서 눈물 감추는 사이
멀어져 가는 너와 나의 섬

위 선 僞善

언제나 웃는 얼굴로
손을 내민다

어제와 똑같은 눈물을 보이면서
팔을 벌리고 다가와 노려본다

아닌 봄바람에 감기는 눈은
칼집 없는 비수를 감춰 둔 채

비슷한 말로 반대말을 죽이고
환호성 속에 목을 조른다

꿈

꿈속에서
공자孔子는 주공周公을 만나고
주희朱熹는 공자를 만나고
이태백은 두보杜甫와 술잔으로 작별하고

부자들은 더 가질 것을 꿈꾸고
가난한 사람들은 돼지꿈이라도 꾸면
복권을 사서 부자 되는 꿈을 꾸고
연인들은 꿈을 꾸지 않아도
날마다 그리워하며 만난다

독재자들은 자나 깨나
정적들을 제거하는 꿈을 꾸고
비몽사몽간에 개꿈을 꾸는 정치인들은
용꿈이라고 풀이하는 책사의 해석을 믿고
개나 소나 대망大望을 꿈꾼다

부 재 不在

어렵게 찾아왔는데
팽팽한 그의 부재不在

봄꽃이 피고 지는데
언제 돌아올지 아무도 모른다

비어 있다고 해서
존재하지 않는 것은 아니다!

빛과 자취가 바래지고
가지에 새 열매가 매달려도

아무도 만질 수 없는
영원한 존재의 옷자락…

존 재 存在

인적이 드문 산길을 갈 때
헛기침으로 사람임을 알린다

짐승들은 알아서 길을 비켜 주고
나뭇잎이 깨어나서 바스락거린다

맞은편에서 기침소리가 들려온다
사람이라는 존재가 오고 있다

혼자서 가는 길은 외롭지 않지만
존재라고 하는 것이 때로는 무서워진다

파 도

눈을 감으면 더 잘 들리고
귀를 기울이면
더 멀어지는 소리

눈을 뜨면 사라지고
귀를 닫으면
밀려오는 얼굴

시 詩

시 한 구절이
누군가의 눈물을 보이게 하거나
누군가를 그리워하게 하거나
마음에 위안을 줄 수 있다면

이 깜깜한 겨울밤을 지새우더라도
새벽이 열리는 하늘빛을 바라보며
나는 시를 쓰리라
그리고 자유를 노래하리라

파랑새

파랑새는 날개가 파랑색일까
핏빛이 파랑색일까 빨강색일까
파랑새는 녹두꽃에 앉지 않고
자유를 찾아 어디론가 떠나갔을까

광야에 피고 지는 꽃 중에서
눈에 안 보이는 초록색 꽃잎 속으로
파랑새는 숨어들어 갔을까
보리밭 노고지리로 날아올라 갔을까

늦지 않은 시간

지금도 늦지 않은 시간입니다
일어나서 외쳐야 할 시간입니다

종소리가 울리지 않아도
부서지는 어둠의 톱날을 보십시오

새가 날아오르고 있습니다
폭풍이 바다를 넘어오고 있습니다

목 놓아 노래하고 멀리 비상하기에는
아직도 늦지 않은 시간입니다

기원 祈願

누구를 그리워하며
무엇을 기다리며 기원해야 하나

간절히 염원하면
이루어지리라
믿는 자에게 복이 있다

건강과 행운을 빌고
눈맞춤 없는 인사를 나누는
적막한 기도문에 바람이 인다

텅 빈 가슴속으로 바다가 밀려온다

맨발로 서서

바다를 찾아와서
맨발로 섰다

살아온 내력을 적어 둔
이력서는 파도에 실어 보내고

주고받은 명함들은
모래 속에 파묻는다

다시 돌아가야 하지만
노을에 물든 모래톱이 발목을 묶는다

비 색 否塞

금년 운수가 꽉 막혔단다
나라 운運도 그러하다고 한다
주역의 천지비괘天地否卦 운세란다

하늘과 땅이 따로 놀아 제 갈 길만 가니
천지가 서로 통하지 아니하여
만물은 생육生育되지 못하고
인간은 서로 불화하니 나라가 망한다

임금의 말이면 덮어 놓고 순종하니
소인들은 이에 영합하여 권세를 탐하고
자격이 미비한 자들이 분수에 지나치게
부귀에 눈이 어두워 부끄러움도 모른다

어찌할 것인가
얼마나 오래 갈 것인가

처음은 비색否塞하지만
뒤에는 기쁨이 있다!
선비후희先否後喜!

마지막 괘사卦辭만 믿고
사방으로 막힌 벽을 기어오른다

그 찻집

그 찻집 좁은 창가에 앉아
그 사람을 기다린다

바람처럼 나타난다
가슴에 무엇이 들었을까

마셔도 타오르는 목마름처럼
시간이 목을 졸라맨다

그 찻집에서 일어선다
내일을 남겨 두고 반짝이며 떠난다

제3부

겨
울
에
서

온

편
지

겨울에서 온 편지

가을비에 젖은 낙엽 사이로
봉투 없는 편지가 배달되었다

검열을 받았는지
소인 대신 발자국이 찍혔다

물음표를 지우고 느낌표만으로…
쉼표를 없애고 말없음표만으로…

묻지도 말하지도 말라!
겨울에서 온 편지가 포고령을 전한다

고뇌 苦惱

지나친 것은
모자라는 것보다 못하다고 하면서
대다수의 사람들은
많으면 많을수록 좋다고 한다

고혈압과 저혈압 사이에서
혁명과 반역의 중간지대에서
아군과 적군의 중립지역에서
눈치로 살다가 지뢰를 발견한다

어지럼증의 포로가 되어야 하나
차라리 둔주遁走의 나그네가 되어
보이지 않는 길을 찾아 떠나야 하나
꿈속에서 익숙했던 회색 깃발을 외면하고

미완의 삼각형

권력을 잡으면
자석磁石에 붙는 쇳가루처럼
돈이 떨어지지 않고
명예는 멀리 달아난다

돈으로도 살 수 있는 권세를 빌려
남의 것을 빼앗기도 훔치기도 하지만
아무리 막강한 권력과 돈으로도
똑바로 세울 수 없는 명예의 방각方角!

부富와 권력이 제각각
명예의 각도角度를 높이기 위해
아무리 몸부림쳐 봐도
결국은 허물어지는 욕망의 변방邊方!

그 영원한 미완未完의 삼각형!

비밀 秘密

혼자만의 비밀은 없다

비밀결사체 안에서의 비밀은
손도장으로 찍는 서약서의
피 몇 방울 속으로 금방 사라진다

무덤까지 가지고 가겠다며
목숨을 걸고 맺은 엄숙한 맹약은
비밀을 더 이상 방어할 수 없다

신에게 바치는 고해성사도
천지신명에게 드리는 기도도
오래가지 않아 봉인이 뜯긴다

진정으로 사랑하는 사이의 미소는
비밀은 아니지만 외롭고 서글플 때도
서로를 마주보며 지워지지 않는다

숙제 宿題

아직 다하지 못한
숙제가 남아 있는 사람은
숙제를 다 풀어 허탈해져서
긴장이 풀어진 사람보다

복받을 사람이다
내일이 있는 사람이다

손을 들고
줄을 서서
기다리는 숙제를 하려고
오늘도 무거운 몸이 일어선다

추억의 샘

머릿속에는
기억의 방이 있고
가슴속에는
추억의 샘이 있다

꾸불꾸불한 회랑回廊을 따라
포박捕縛된 암호暗號들이 풀려나오면
아지랑이 사이로 솟아오른다
아득한 메아리를 뿌리며

창문을 열면

창문을 열면
솔바람 사이로 바다가 반짝인다
아침이 눈을 뜨고
하늘이 숲으로 내려앉는다

창문을 열면
고층건물 숲 사이로 땅거미가 내린다
그림자가 다가서고
하늘은 별과 같이 반짝이며 사라진다

혁명 革命

-주역 택화혁괘澤火革卦

불 위에 물이 있다
연못 속에 불덩이가 이글거린다

물은 아래로 흘러내리고
불은 위로 붙어 타오른다

껍질이 벗겨지고
피가 흐른다

회오리바람이 불어온다
색깔이 바뀐다

꽃밭

철학자의 꽃밭에는
플라톤의 이데아가 나무로 자란다
생각만큼의 그림자와 함께

시인의 꽃밭에는
온갖 풀꽃들이 제멋대로 핀다
곤충도 벌레도 자유를 누리며

혁명가의 꽃밭은
한 가지 색깔만 자라도록 가꾼다
비슷한 빛깔을 내는 잡초마저 뽑아내며

신의 꽃밭에는
아무런 꽃도 피지 않는다
그림자를 드리워 줄 나무 한 그루 없이

시의 언어는 위험하지만
권력으로 제압할 수 없다

정주定住하는 거소가 없어
체포할 수도 없다
얼굴도 목소리도 바꿔 가면서
자유로이 떠돌이로 살아가기 때문에
수배령을 내려도 잡히지 않는다

시의 언어는 주인이 없지만
아무나 빌리지 못한다
진실과 고통을 대가로 잠시 빌려줄 뿐
바람과 바다와 꽃과 나무들에게
거짓과 쾌락을 팔고 사지 않는다

시인은 언어의 집에서 칼을 꺼내 들고
자신을 속박하는 포승줄을 잘라 내지만
허공을 찌르는 칼끝에 피를 흘리면서
자유의 몸으로 일어서는 대신
시어에 상처를 남기고 시를 써야 한다

정 리 | 整理

오래된 책들을 정리하려고
작업에 나서다
이것도 일이라고 땀이 난다

선거철이 다가오니
공천 작업 하느라고 신이 나서
땀 흘릴 겨를도 없다

먼지 쌓인 책들은 폐에 해롭고
뻔뻔스러운 정치꾼들은
국민 정신건강에 누를 끼친다

책 속의 난해한 용어 때문에
버릴 책을 제대로 골라내지 못하고
책정리는 다음으로 미룬다

형이상학보다 더 어지러운 논리로
때 덜 묻은 사람은 탈락되고
기름을 바른 자는 살아남는 정리의 역설!

땀을 말리고 불어오는 바람이
밀실을 기웃거리다가
미세먼지와 함께 허공 속으로 사라진다

군림하는 자의 가난
-주역 임괘臨卦에 대한 단상斷想

높은 곳에 올라
내려다보는 사람은
더 이상 위를 쳐다보지 말고
자기가 가진 것을 남기지 말고
밑으로 보내서 나누어 갖도록 하라!

누런 땅이 위에 있고
푸른 물이 아래에 있는 형상이다
올라오는 것을 더 챙기려다
깊은 연못에 빠질 수도 있고
주머니가 꽉 차서 넘어질 수도 있다

군림君臨하는 권력자와 가진 자들은
권세와 풍요가 넘치기까지
많은 사람들을 가난하게 만들고
부러움을 사기도 했지만
누구의 사랑도 받지 못했다

군림하는 자들에게 니체는 말했다
먼저 그대 자신을 내주어라
그대는 더 가난해져야 한다
사람은 괴로워하는 자에게만 사랑을 주고
배고픈 자만을 사랑한다고!

줄에 대하여

(초등학교 들어가서 제일 먼저 배운 것은
'앞으로 나란히' 하며 줄을 서는 것이었다
그때부터 지금까지 살아오면서
줄서기는 삶 그 자체였다)

줄을 잘 서기란 줄타기보다 더 위험하다
줄을 잘못 서서 나락에 떨어지기도 하고
튼튼한 줄의 끄나풀이라도 되면
출세의 행운이 뒤따르기도 한다

빨랫줄이나 전깃줄에 나란히 앉아 있는
참새나 제비도 보기 어려운 계절이지만
바늘귀에 동아줄을 끼우는 비법을 팔며
줄을 찾아 떼 지어 날아드는 철새들을 본다

남을 묶기 위해 꼰 포승줄이
제 목을 조르는 올무가 되고
거미줄의 연약한 그물에도 버둥거리고
썩은 새끼줄에 의지하여 목숨을 건다

줄을 대어 힘이 센 줄을 잡으려고
개미나 기러기는 싸우거나 밀치지도 않고
줄을 서서 삼백리를 행진한다
줄을 지어 구만리를 날아간다

시 험 試驗

시험 보는 꿈을 꾸었다

시간에 쫓기고
숨이 막히는 좁은 공간에서
답안지가 바람에 날아갔다가
돌아와서 다시 문제지로 바뀌고

콩 볶듯이 재빠르게 채워 나가도
줄어들지 않는 여백餘白
기어가다가 타고 오르고 발돋움해도
끝내 잡을 수 없는 무지개

가도 가도 만나지 못하는
영광의 꽃다발은 어디에서 필까
희망이란 이름의 지평선에서?
인생이란 바다의 수평선에서?

일반상식 一般常識

과거 여러 가지 시험에는
일반상식이라는 과목이 있었다

상식을 갖추기란 여전히 어렵지만
일반상식은 지금도 어려운 과목이다

말 잘하는 사람이나 힘 있는 사람이
'일반적으로' 하며 늘어놓는 '일반적'인 말은
루쏘의 '일반의지'보다 더 난해하다

일반상식은 특수하고 상식을 초월한다

시험에 나오지도 않고
가르치기도 배우기도 어렵지만
오늘도 인생살이의 필수과목으로 행세한다

도 박 사 賭博師

오늘 걷지 않으면
내일은 뛰어야 한다
평생 도박에서 헤어나지 못한
대문호 도스토에프스키는
무엇에 쫓기어 이 절박한 명언을 남기고
어디를 향하여 뛰어가야 했을까

한판도 놓치기가 아까웠을까
그래서 뛰어야 했을지도 모른다
죽을 때까지 도박 빚 때문에
불후의 명작들을 신문에 연재하면서
날마다 마감시간에 매달리면서도
마지막 판까지 대박을 꿈꾸었으리라

첫판에 행운을 안겨 준 여신을 기다리며
뛰지 않고 오늘까지 걸어온 도박사들은
판마다 인생의 빚을 쌓아 가면서
멀어져 가는 마지막 승부를 위해
돌아가기에도 부족한 마감시간을
환전불능의 판돈으로 바꾼다

짐 승

짐승들은 억울하다

나쁜 사람을 비난할 때
짐승보다 못하다거나
짐승 같은 놈이라고 한다

교활하면 여우 같다고 한다
탐욕스러운 돼지라고 부른다
표독한 자는 늑대나 승냥이에 비유한다
미련한 곰이라고 비웃는다
뱀은 사악함의 상징이고
호랑이는 공포의 대명사이다

거짓말 잘하고 정말 뻔뻔스러운 인간은
무조건 개새끼라는 소리를 듣는다

개들은 참으로 억울하다

하산 下山

산을 오르다가 내려오는 꿈을 꾸었다
정상이 코앞에 다가서고
벽공碧空이 머리 위로
아득하게 펼쳐지는 길목에서
왜 혼자 돌아섰는지 모르겠다

하산길은 낯이 설고
비탈길은 멀기만 하다
바람이 사방에서 불어와
고개도 들지 못하고
눈을 바로 뜰 수도 없다

하늘은 쳐다보지도 못하고
땅만 보고 내려오는 길
꿈길에서 믿을 수 있는 것은
하늘도 믿을 수 없다는 유언비어와
땅은 꺼지지 않는다는 미신뿐!

그동안 하늘과 땅만 믿고
올라가고 내려오고
살아오고 죽어 간 이들은 다 어디로 갔을까
돌부리에 걸려 꿈에서 깨어난다
동트는 하늘을 보러 다시 산에 오른다

시계 時計

어렸을 때에는
시계 속에서
시간이 사는 줄 알았다
시계가 시간의 집인가 했다
벽시계는 큰 집
손목시계는 작은 집

어른이 되어서는
시계를 까마득히 잊고 살다가
숨을 헐떡거리기도 하고
때로는 시침時針이나 분침分針이
멈춰 서기도 하여 뙤약볕이나
바람도 없는 그늘에 서 있기도 한다

이제 사람에게는
시계가 시간의 주인이 되었다
젊은이들의 시간은
핸드폰 안에서 살아가고
움직이지 않는 늙은이들의 시간은
몸 안의 시계가 지배한다

자유 自由

빼앗기기 전에는
죽었다 깨어나도 모르는
느낄 수 없는 무게

움직이고 말하고 여행 다니고
좋아하는 음악만 골라서 들을 때에는
그림자도 없는 존재로 숨어 있는 언어

똑같은 색으로 칠해진 신전을 지나
천편일률의 웅변이 넘쳐 나는 거리에서
허가 없이는 연인의 손도 잡을 수 없을 때

거짓과 억압의 회전목마 위에서
이름도 고쳐지고 역사도 지워질 때
소스라치게 놀라 감았던 눈을 뜨는 후회…

나의 전기 傳記

하루하루가
전투를 치르는 것 같다
폭풍이 승패의 진지陣地 위를 지나가면
구름 위를 걸어온 것도 같다

바다는 밀물과 썰물로
밀려왔다 물러가길 반복하고
추웠다 더웠다 하는 하루하루
긍정과 부정의 결전으로 쓰는 나의 전기

오늘은 보슬비가 내리다가 그친다

집 착

어떤 나뭇잎은
서로 엇갈리게 바라보고
어떤 꽃잎들은
서로 포개어 피어난다

사랑하기 때문에
마주 보지 못하고
사랑하기 때문에
바람에 얼굴을 숨긴다

사랑이 미움으로 변하면
그림자를 붙들고
뿌리까지 물고 늘어지며
질긴 억새풀로 살아간다

돈

돈이 많으면
좋기야 하겠지만

돈으로 해결할 수 없는
일들이 너무 많다

돈으로 살 수 있는
소중한 것은 별로 없다

손으로 꽉 움켜쥐면
남을 때리는 주먹이 되고

주먹을 펴면
자유의 바람이 분다

꼰대

읽지도 않고 찾는 사람도 없는
고전古典들이
곰팡이 냄새를 피운다

신문 방송 다 끊고
먼지 쌓인 족보族譜를 꺼내
계파系派와 촌수寸數를 따진다

하늘을 본다

고개를 들고 하늘을 본다

바라보는 것인가
쳐다보는 것인가

오랜만에 봐서
동서남북을 모르겠다

누구를 위해 무엇을 걸고
기도해야 할지 몰라

눈을 감지도 못하고
하늘만 본다

음력 초이렛날 상현달이 뜬다…

고향 故鄕

고향은 어디에 있나

가슴에서 사라지고
머리에서 지워지고
죽은 말 사전에서나 찾을 수 있을까
성묘省墓 길에서도 만나지 못하고
탱자나무 울타리 쳐진
폐교된 초등학교 운동장에도 보이지 않는다

만국기 펄럭이는 높푸른 하늘 아래
지축을 흔드는 가을 운동회의 함성이
아직도 귓전에 웅웅거리는
잡초 무성한 유년의 공터에서
모두들 떠나면 돌아오지 않는
잃어버린 고향을 찾는다

추억 속에서

그리움이란
거품과 같은 것
앙금을 남겨 아프게 하는 자국

기다림이란
가시와 같은 것
무게도 없이 찔러 오는 짐

지울 수도 없는 흔적痕迹…

벗을 수도 없는 부담負擔…

제4부

기
다
림

기다림

누가 깊은 잠을 깨우는가
무엇이 지친 몸을 일으켜 세우는가
바람일까
목마름일까
아니면
밤새 자라난 기다림일까…

새벽에 깨어나서

몸을 뒤척이다
일어나서 기지개를 켜고
속을 비운다

다시 드러누워
눈을 감는다
얼굴이 떠오른다

눈을 뜬다
어둠이 얼굴을 덮는다
다시 눈을 감는다

추억이 외로운 몸을
뜨겁게 감싼다
기다리는 꿈을 꾼다

아침을 기다리며

눈이 올 것 같은 흐린 날에는
그리워하지도 말고
기다리지도 말자

높고 푸른 날
눈부신 아침을 만나면
기다리지 않아도 눈을 감고 있어도

가만히 다가와서
온몸을 뜨겁게 감아 오르는
회오리바람이 분다

날이 저물면

날이 저물면
새들이 제집을 찾아든다

긴 꼬리를 혼들며
갈까마귀가 우짖는다

성문城門이 닫히기 전에
나그네는 발길을 재촉한다

날이 저물면
동구洞口 밖에서 기다림이 자라난다

낙인 烙印

아무리 애를 써도
지워지지 않는 상흔傷痕

거짓으로 조장한 선입견이
진실을 집어삼키는 신의 부적符籍

한번 찍히면
다시 건널 수 없는 강가에 서서

바다에서 불어오는
회오리바람을 기다린다

팔월 八月

그해 팔월에는
무궁화가 활짝 피었다는데
지금은 찾기도 어려운
꽃이 되고

어느 해 팔월에는
나라가 서고
태극기도 휘날렸는데
이제는 국기에 대한 경례도 사라져 간다

우물가에 나팔꽃 피던 팔월에는
태풍도 오고
때로는 물난리도 만났지만
요새는 해외로 난리 치며 떠나가고

아무도 들어주는 사람 없는
잠을 잊은 노인네의 하얀 독백獨白이
슬며시 얼굴을 내미는 청자靑瓷 빛 하늘과 함께
뜨거운 팔월의 문을 연다

입 추 立秋

가을이 오면 무엇 하리
가만히 누워 있어도
밑에서 솟아오르고
서 있어도 머리 위를 짓누르는
절망의 끝을 아무도 모르는데

시어 터지는 오늘이 지나가고
하늘 높고 상쾌한
그런 날이 오리라는 사람들은 사라져 가도
가을이 일어서서 손짓이라도 하면
무궁화 꽃은 오래오래 필 수 있겠지

누구든지 무엇이든지
기다리는 사람에게만 찾아올 가을은
바다를 건너올지 산맥을 넘어올지
바람에 실려 올지 꿈길을 따라올지
모르는 그 길을 그리움과 함께 오겠지

가을이 일어서면 무엇을 하리
가위 눌린 봄꿈도 아직 깨어나지 못하는데…

가을은 깊어 간다

씨 뿌리고 가꾸어 온
피와 땀과 눈물
아직 다 씻지 못했는데
철없이 비바람 불고
가을은 깊어 간다

먹장구름 걷히고
높푸른 하늘 눈부시고
다 떠나간 빈 정거장으로
기다리는 사람 돌아온다 해도
가을은 깊어만 간다

붉게 물들어 출렁이던
산등성이 파도는 지금도 푸르고
꽃잎도 나뭇잎도 지지 않는데
긴 겨울 재촉하면서
봄날을 기약하면서

가을은 깊어 간다

비애 悲哀

눈물도 없이
감동도 없이
깊어 가는 가을은 서글프다

음정 박자가 뒤엉킨
권력의 변주곡變奏曲은
뒹구는 낙엽보다 더 쓸쓸하다

듣는 사람 보이지 않는
기울어진 광장에서 목 놓아 부른
그 노래는 얼마나 장엄했던가

기약도 없이 떠나간 기다림이
울컥하고 솟구치는 비애로 돌아와
뜨거운 함성 속에 묻힌다

추 광 秋光

누가 가을빛을 바꿀 수 있나
가을의 음색을 변조할 수 있나

제왕이나 독재자의 총칼로도
가을의 하얀 기색氣色은 막지 못한다

비바람이 아니어도
때가 오면 낙엽이 지고

서릿발 같은 청천백일靑天白日 아래
코스모스 들국화도 피고 지는데

이 가을의 빛깔 무엇으로 덮으려고 하나
누가 이 가을의 노래 바꿔 부르려고 하나

가절 佳節

시절이 좋아서 가절이라면
다른 단어로 바꾸는 것이 맞겠다

계절이 좋아서 가절이라면
다른 계절을 기다리는 것이 좋겠다

집집마다 근심이 늘어나고
나라 걱정에 새벽잠을 설치게 하는 시절

때늦은 태풍이 오고
가을장마가 겨울을 재촉하는 계절

휘영청 보름달이 높이 솟아 가절이라면
기울어지는 하현달은 처량하지 않겠는가!

이 가을에는

이 가을에는
장마도 있고
태풍도 오네

이 가을에는
후안무치厚顔無恥도 등장하고
적반하장賊反荷杖도 구경하네

낯선 이 가을이 가고
말 없는 겨울이 오면
검은 눈이 내릴지도 몰라

사실과 거짓이 뒤섞이고
흑백黑白의 꽃이 편을 나뉘어 피는
이상한 이 가을에는

형형색색 단풍은 없을지도 몰라
높푸른 고려청자 하늘은 못 볼지도 몰라
기다리는 그 사람은 안 올지도 몰라…

질풍 疾風

관제언론보다 앞서 보도하고
유언비어보다 더 빠른 달음박질로
광기에 젖어 날뛰는 도깨비불을
산산조각 날려 보내 주면 고맙겠네

질풍노도라는 낭만파의 언어처럼
성난 파도가 뒤따라 밀려와
기만과 위선으로 쌓아 올린 제방을
집어삼키면 원이 없겠네

봄 아지랑이에 취해
아직도 누워 있는 풀잎과
붉은 양귀비꽃에 물든 여름 꽃잎과
다 피지 못한 꽃봉오리들에게도 불어와

높고 푸른 가을 하늘을 열어 보여 주고
쓰러지지 않은 경초勁草를 만나면
새벽이 곧 밝아 온다는 소식을 전해 주고
바다 건너편 먼 사막으로 사라지면 좋겠네

길

길을 가다가
낯선 풍경을 만나
길을 잘못 들었나
멈추어 선다

뒤를 돌아보니
내가 걸어온 길
보이지 않고
강물이 흐른다

나는 어디로 흐르고
강물은 어느 바다로 흘러가나
바람이 산노을을 불러오고
꿈속으로 길이 흘러간다

짐

머리에 이고
등짝에 지고
손을 잡고 걸었지만
아이들은 손을 뿌리치고
달아난다

머리에 이지 않아도
등에 지지 않아도
머리가 무겁고 등이 휘어진다
짓누르는 짐을 이고 지고 들고
오늘도 길을 간다

그루터기를 찾아서

돌고 돌아서
여기까지 왔는가
희미한 추억을 더듬어
먼지 쌓인 세월을 후후 불어
죽어 가는 신경망과 실핏줄을 살린다

하루하루가 비슷하게 돌아가는
소용돌이 속에서 나이를 먹고
추웠다 더웠다 반복되는 관절과
만나고 헤어지는 매듭을 맺고 풀면서
딱딱해서 앉기 편한 그루터기를 찾는다

구부정한 그림자를 친구 삼아
청춘의 무거운 짐도 부리지 못한 채
바다가 보이는 언덕을 찾아
나누어졌다 또 합해지는 길을 돌아
터벅터벅 흔들흔들 거리면서…

청솔

고향집 앞산에는
청솔밭이 우거지고

떠나올 때 옮겨 온 한 그루가
아직도 가슴에 푸르게 살아 있다

고향 바다가 보고 싶으면
청송그늘에 누워 하늘을 바라본다

겨울아침 으스름 사이로
그믐달이 가지에 숨어서 떨고 있다

입 동 立冬

가을이 가기 전에
겨울이 들어선다

만나서 악수도 나누기 전에
작별을 기약하고

헤어지기도 전에
새로운 만남을 꿈꾼다

염량세태炎涼世態의 바람 속으로
수취인불명의 엽서를 날려 보내고

겨울이 오기 전에
봄을 기다린다

겨울 바다

내일 저 겨울 바다에서
행여 당신을 만나더라도

오늘 이 뜨거운 노래는
기억하지 못해도 좋아

파도가
어깨동무하고 끝없이 밀려오면
추억마저 쌓이지 않아도 좋아

바 다 꿈

가을 광장에서
넘실대는 바다를 만나고 나서
겨울에도 푸른 바다를 만난다

바다 앞에 서면
꿈속에서도 힘이 솟는 나는
바다를 만날 때마다 외친다

산길을 헤매다가도
바다 한 귀퉁이라도 보이면
달려가서 그리운 이름을 부른다

이제 새벽이 오면 새벽바다를
봄이 오면 봄 바다를 향하여
바다 꿈을 꾸며 노래할 것이다

나의 겨울은

나의 겨울은 잠들지 않으리
꿈꾸지 않으리

말라붙은 나뭇잎 사이로
낮달이 하얗게 떨고 있어도
나의 사랑은 떨지 않으리

북서풍 회오리치는 광장에 서서
뜨겁게 부른 지난 여름의 노래만으로도
이 겨울의 발걸음은 멈추지 않으리

거짓과 기만과 위선이 춤을 추고
사악과 음모와 배신이 웃음 짓는
이 얼어붙은 거리에서 잠들지 않으리

아무도 잠들지 않으리
나의 사랑도 꿈꾸지 않으리

겨울밤

겨울밤이 깊어 갈수록
겨울잠은 줄어든다

겨울잠이 짧아질수록
꿈의 빛깔도 짙어진다

무엇을 꿈속에서 기억하고
누구의 이름을 지워야 하나

겨울밤은 깊어 가고
먼 동 트는 새벽길이 언다

꼭대기

꼭대기는 불안하다
꼭대기는 위험하다
세상의 모든 꼭대기는 다 그렇다
다 마찬가지다

꼭대기에 간신히 올라
발아래 엎드린 사람들에게 군림하여
밑으로 내려다보면
그들이 개나 돼지로 보이기도 하고

그 까마득한 바닥을 흐뭇하게 바라보면
도성의 고층누각이 개미집으로 보이고
인간은 꿈틀거리는 술벌레로 여겨진다는
서산대사의 말씀도 있었던가

여기 이 높은 곳에 이르기까지
얼마나 많은 위험을 무릅쓰고
셀 수 없는 기만과 배신과 쟁투의 시간을
어떻게 만들고 지우며 이겨 냈던가

꼭대기는 참으로 위험하고 불안하다
이 고귀한 자리를 누가 치고 올라오나
저 아래에서 흔들고 무너뜨리지 않을까
잠 못 이루고 지새는 짧은 겨울밤이여!

주역周易은 꼭대기에 오른 용龍은
후회後悔를 남기기 마련이라며
권력의 독단과 무상無常을 경계하고
철학자 시인 니체는 이렇게 노래하였다

평원에 머물지 말라!
너무 높이 오르지 말라!
세상은 반쯤 높은 곳에서
가장 아름답게 보인다

문 풍 지 門風紙

살 한 점 없는 쪽지의 의지로
송곳으로 후벼 파는 외풍을
온몸으로 막았다

긴 겨울밤을 떨면서 지키다가
아침편지를 기다리며
서러워서 혼자 울었다

적막 寂寞

인적 드문 산길을 따라
혼자서 걸어갔다

나뭇잎 바스락거리는 소리까지
씹어 삼키는 짐승의 내장 같은
좁고 꾸불꾸불한 길이었다

외로움보다 무서운 고요를 이기려고
온갖 노래 불러 가며 기지개를 켜도
갈수록 옥죄어 오는 적막의 무게

노송老松의 마른 가지에 걸린
흰 구름조각에 소스라치게 놀라
비명을 지르며 모퉁이를 돌아서도

끝이 보이지 않는 그 길을 걸었다
언제였을까…
꿈속이었을까…

겨울 나그네

오늘 이 반역의 거리를 떠나
메아리도 사라진 뜨거운 함성 뒤로하고
겨울 나그네로 떠돌고 싶어 하는
그대는 누구인가

반란군에 투항했다는 얼굴도 모르는
조부의 욕된 멍에 스스로 뒤집어쓰고
삿갓으로 제 얼굴 감추고 삼천리 방방곡곡
배리의 세상 방랑한 가객의 후예인가

필부에게도 나라 망한 책임이 있다고
거칠고 쓸쓸해진 이 산하 정처 없이
혼자만의 의로운 그림자 길게 드리우고
강노을 산노을 속으로 떠나려고 하는가

무엇을 꿈꾸고 누구를 그리워하며
언제 어디서 다시 만나자는 눈짓도 없이
엄혹한 북서풍만 빈 어깨에 싣고
발자국도 한마디 내심 어린 독백도 없이…

깊이 사랑했던 사람마저 떠나 보내고
마음 둘 데 없는 이 겨울밤 지새다가
저 봄날의 하얀 아침꽃 기다리지 못하고
검은 새벽길 나서는 그대는 정녕 누구인가

회 명 晦冥

달빛도 별빛도 없는 어둔 새벽
닭 울음소리 나기 전에는
걷히지 않는 검은 장막

어디로 가야 하나
엎드려 있던 길은 보이지 않고…
그러나 지금 떠나야 한다

송송 구멍 난 쓸쓸한 벽화 사이로
추상화보다 더 고매한 웅변이 들려와도
명분 없는 역사의 바람이 불어와도

포고령도 없이 밀려오는 안개 속에서
섬광閃光을 뿌리는 도깨비춤 뒤로하고
절룩이며 비틀거리며 이제는 떠나야 한다